한국 희곡 명작선 21

결혼기념일

한국 희곡 명작선 21

결혼기념일

이우천

평민사

이우천

결혼기념일

등장인물

남편
아내
친구

때

현대

장소

도시의 어느 아파트

아파트 내부.

무대 중앙에 식탁이 있고 좌측으로는 싱크대 냉장고 등 주방 용품이 있다.

우측 뒤로는 밖으로 연결된 현관문이,

우측 옆으로는 오디오 등 각종 진열품들이 적당히 배치되어 있다.

잠시 후, 불 들어오면 분주하게 음식준비를 하는 아내.

식탁 위에 완성된 음식을 하나하나 진열한다.

아내는 몹시 즐거운 모습이다.

콧노래를 흥얼거리기도 하며, 이따금 환한 웃음을 짓기도 한다.

얼추 준비가 다 됐는지 식탁 위를 둘러본다.

아내　　어디보자. 다 됐나? (손뼉 치며) 맞다. 와인.

다시 흥겹게 콧노래를 흥얼거리는 아내.

냉장고에서 와인 한 병을 꺼내 미리 준비한 와인 잔과 함께 식탁으로 가져온다.

냅킨을 조심스레 깔고 그 위에 와인 잔을 올려놓는다.

아내　　(둘러보며) 다 됐다. 아, 음악.

오디오 쪽으로 가서 음악을 트는 아내. 잠시 후, 감미로운 클래식 음악이 흐른다.

이때 울리는 초인종 소리, 띵동! 띵동!

아내   (시계를 보며) 어머, 벌써 시간이 이렇게 됐나?

현관 쪽으로 가는 아내.

아내   자기야?
소리   응.
아내   일찍 왔네. 아, 맞다!

현관 쪽으로 가다말고 서둘러 불을 끄는 아내.
그러자 식탁 주위만 미리 켜놓은 스탠드 불빛으로 요염하다.

아내   자기야! 지금 나가!

다시 현관 쪽으로 가는 아내. 문을 열어준다.
등장하는 남편. 그의 왼쪽에는 장미꽃이 한 아름 있다.
습관처럼 뽀뽀하는 남편과 아내.

남편   퇴근시간 땡 치자마자 바로 달려왔어.
아내   아유, 기특해.
남편   (요염한 등을 보며) 집 안 분위기 왜 이래, 이거?
아내   (정중히 인사한다) 어서 오세요. 김양이에요.

웃는 남편.

남편   (꽃을 건네며) 자, 나랑 1년 동안 살아줘서 고마워.
아내   (뽀뽀하며) 자기도 나랑 1년 동안 살아줘서 고마워.
남편   아, 배고프다.
아내   간단하게 씻어. 음식준비 다 됐어.

남편의 가방과 웃옷을 받아드는 아내.
남편, 식탁 위의 음식을 보고는 와이셔츠 소매를 걷으며 욕실
로 간다.

남편   저걸 혼자 다 했어?
아내   결혼 1주년이잖아요. 이건 아무것도 아니죠, 서방님.

욕실로 들어가는 남편. 물소리.

남편   으이구, 그냥 밖에 나가서 먹자니까.
아내   처음으로 맞이하는 결혼기념일인데. 외식하면 왠지 형
식적인 거 같아서. 이렇게 직접 준비해야 더 값진 거 아
니겠어? 절약도 되고.

욕실에서 나오는 남편. 타월을 건네는 아내.

남편   알뜰이 나셨네.

아내	나 손 볐어.
남편	뭐? 어디?
아내	(보여주며) 여기.
남편	으이구. 조심해야지. 쓰라려?
아내	괜찮아.
남편	약 발랐어?
아내	자기가 호 해줘. 그럼 날 거야.

어이없어 웃는 남편. 호 해준다.

남편	됐어?
아내	응. 다 났어. 나 고생 많았다구. 알아 달라구.
남편	(식탁 보며) 여기 써있네. 엄청 고생했다구.
아내	헤헤. 배고프지? 얼른 앉아.
남편	이야, 맛있겠다. 어디 솜씨 한 번 볼까?
아내	많이 먹어야 돼.

접시에 음식을 얻는 남편. 접시에 음식을 얻는 아내. 맛을 보는 남자.

아내	어때?
남편	음. 맛있다. 진짜 맛있다.
아내	많이 먹어.

남편이 먹기 편하게 음식을 남편 쪽으로 옮기는 아내.

남편   (아내를 힐끗 보고는) 옷 이쁘네?

아내   옷걸이가 예쁘잖아.

남편   그럼요. 어련하시겠어요.

아내   잘 어울려?

남편   예뻐. 죽이는데?

아내   안엔 더 죽여.

남편   ?

아내   끝내주는 속옷 입었어. 아슬아슬한.

남편   어디 봐.

아내   밥 먼저 먹구. 난 메인 요리야. 메인 요리 미리 보여주는 거 봤어?

남편   상상되는데?

아내   무엇을 상상하든 그 이상이 될 것이다!

웃는 남편.

아내   기대해. 밥 다 먹고 보여줄게.

남편   체하겠다.

웃는 아내. 맛있게 식사하는 남자. 아내도 같이 먹는다.

아내   용케 시간 맞춰서 왔네?

남편　결혼기념일이잖아.

아내　응급환자가 없었겠지. 대단한 히포크라테스 선생께서 환자를 외면하셨겠어? 이깟 일로?

남편　이깟 일이라니? 고난의 삶 일주년인데.

아내　(수저를 뺏으며) 먹지 마.

남편　아이고, 농담입니다.

남편을 흘기는 아내.

남편　그렇잖아도 혹시나 해서 일주일 전부터 과장님께 말씀 드렸어. 오늘은 무슨 일이 있어도 6시 퇴근이라고.

아내　자기 오프 때도 나가서 근무하고 그랬잖아. 오늘 같은 날은 정시퇴근해도 되지 뭐.

남편　그래서 지금 여기 있잖아.

아내　(애교) 그래서 너무 좋다구.

웃는 남편과 아내. 와인 잔을 들고 건배한다.
주욱 들이키는 남편과 아내.
행복한 신혼부부의 부부의 전형적인 모습이다.

아내　엊그제 동창회는 재밌었어?

남편　재밌는 동창회 봤냐? 그냥 잘난 놈 보면서 부러워하고, 못난 놈 보면서 위안 받고. 그런 거지. 아, 다들 그 얘긴 하더라. 티비에 나온 거.

아내	방송국 토론프로?
남편	새삼 티비의 위력을 실감했어. 안 본 사람이 없어.
아내	여기 단지 내 사람들도 만나면 다 그 얘기야. 신랑 멋있다고. 좋은 남편 됐다고.
남편	자기만 몰라. 다 아는데. 반성해.
아내	네, 네. 그럼요. 티비 스타신데요.

잔을 들어 아내에게 내미는 남편.
아내도 자기 잔을 들어 남편 잔에 건배한다.

아내	근데, 안락사가 그렇게 나쁜 거야? 난 그것도 의미 있다고 보는데.
남편	안락사는 살인이야. 살인은 악이고. 악에 무슨 의미가 있어.
아내	하지만 고통스럽게 몇 개월 더 사느니 그냥 행복하게 죽는 게 나은 거 아냐? 만약 나라면 난 안락사를 택할 거 같은데.
남편	인간의 생명은 그 누구도 인위적으로 끊을 수 없어. 인간은 누구나 살 권리, 생존권이 있다구. 그걸 제 3자의 객관적 판단으로 침해한다는 건 말이 안 되지. 이건 법리 이전에 인권의 문제야. 아주 잔인한 인권침해지.
아내	아휴, 우리 자기는 아는 게 많아서 먹고 싶은 것도 많겠어?
남편	내가 먹고 싶은 건 늘 하나야. 메인요리.

아내 (흘기며) 치. 만약, 내가 암에 걸렸어. 유방암. 아, 유방암
은 그렇고, 가슴을 도려내야 되잖아. 위암이라 치자. 말
기야. 회복불능이고. 근데 안 죽어. 어차피 죽을 건데
워낙 예뻐서 그런지 하나님이 안 데려가.

웃는 남편.

아내 고통스러운 삶을 하루하루 살아가는 거지. 이런 상황이
라면 자긴 어쩔 거야?
남편 한 그루의 사과나무를 심어야지.
아내 왜?
남편 내가 할 수 있는 가장 숭고한 행위니까.

사이.

아내 뭐래. 무슨 말이야, 그게. 어쨌든! 나는 자기가 그런 상
황이면, 자살할 거야. 죽어서도 같이 있고 싶으니까.
남편 죽어서도 같이 있어야 돼?
아내 응! 아주 악착같이 붙어 다닐 거야!

웃는 남편. 남편을 흘기던 아내도 따라 웃는다.

남편 건배.

아내 잔을 든다.

남편   1년 동안 바쁜 남편 이해해주고 배려해 줘서 고마워.
아내   1년 동안 까칠한 아내 보듬어 주고 아껴줘서 고마워.

남편과 아내, 잔을 부딪친다.

남편   사랑해.
아내   사랑해.

천천히 와인을 넘기는 두 사람.

남편   우리 춤출까?

손을 내미는 아내. 아내의 손을 잡고 자리에서 일어나는 남편.
아내는 남편의 품에 몸을 묻는다. 아내를 부드럽게 안아주는
남편.
둘은 음악에 맞춰 천천히 몸을 흔든다.

남편   저녁… 너무 근사했어…
아내   많이 먹었어…?
남편   아니…
아내   … 왜?
남편   메인요리 먹어야지…

아내　치…

춤을 추며 원피스의 쟈크를 내리는 아내. 천천히 분위기를 타며 원피스를 벗는다.
속옷이 훤히 비치는 슬립.

남편　(춤을 멈추고) 와…

아내, 한동안 남편이 관찰하게 둔다. 아내를 관찰하는 남편.

아내　안아 줘.

남편, 천천히 아내를 안는다. 둘은 다시 음악에 맞춰 몸을 흐느적댄다.

남편　떨리는데?
아내　느껴져. 심장 뛰는 소리.
남편　사랑해…
아내　사랑해…

남편과 아내는 서서히 달아오르기 시작한다. 이때, 들리는 초인종 소리. 띵동! 띵동!
순간, 분위기 깨는 남편과 아내.

남편　누구지?

아내　글쎄. 올 사람이 없는데?

고개를 갸웃하는 남편과 아내.

이때 다시 울리는 초인종. 띵동! 띵동! 띵동!

벗은 옷을 다시 걸치는 아내. 형광등을 켜는 남자.

아내　밑에 층 아주머닌가?

남편　우리 쿵쾅대지 않았잖아?

아내　(현관문 쪽으로 가며) 누구세요?

사이.

아내　누구세요?

사이.

보다 못해 남편도 현관문 쪽으로 간다.

남편　누구세요?

소리　저기… 여기가 김현태 씨… 댁인가요?

아내　자기 찾는데? 누구 오기로 했어?

남편　아니? 누구지?

현관문을 여는 남편.

그러자 문 앞에 웬 사내가 샐러리맨 가방을 든 채 서 있다.

남편 누구…?

친구 현태야. 나야, 철호.

남편 철호…?

친구 나 모르겠어…?

남편 글쎄… 누구신지…

친구 세월이 많이 지나긴 지났구나. 기억을 못하는 거 보니까.

남편 (기억하려 애쓴다)

친구 철호라구. 너 고등학교 동창.

남편 학교 동창…?

친구 엊그제 동창회서 만났잖아. 기억 안 나?

남편 (그제서야) 아, 철호! 그래, 기억난다. 우리 학교 같이 다녔었지.

친구 알아보겠냐?

남편 전혀 못 알아보겠다, 야. 이게 몇 년 만이야?

친구 엊그제 봐 놓구선…

남편 야, 그때 워낙 친구들이 많아서 인사하느라 정신이 없었지. 누가 누군지 아나?

친구 허긴. 내가 봐도 그날 너 진짜 정신없더라.

남편 하하. 그랬냐?

멋쩍게 웃는 남편.

남편   근데… 웬일이야?

친구   근처에 볼일 있어 왔다가 니 생각나서 잠깐 들렀어.

남편   그래? 근데 어떻게 알았어, 우리 집?

친구   동창회보 주소록에 니 주소가 있더라구.

남편   하하. 그랬구나.

친구   한참 헤맸어. 여기 아파트가 아주 복잡하대?

남편   여기가 좀 그렇지? 신도시라서 아마 헷갈릴 거야?

친구   그러니까.

남편   하하. 그랬구나.

사이, 아내를 보는 친구.

남편   아, 인사해. 여긴 내 와이프.

아내   안녕하세요…?

친구   안녕하세요.

남편   여기는… 철호라고, 음… 고등학교 동창.

아내   아, 네…

남편   정말 오랜만이네?

친구   그렇지?

남편   하하…

사이.

친구	(집안을 두리번대며) 뭐… 하고 있었나봐?
남편	응? 아, 오늘이 우리 결혼기념일이거든. 밥 먹고 있었어.
친구	아, 그래? 축하해…

불쑥 손을 내미는 친구. 남편은 얼결에 친구와 악수한다.

남편	축하는 뭐. 하하.
친구	날을 잘못 골랐네? 오늘은 둘만의 시간을 보내는 거 아냐.
남편	둘만의 시간은 무슨… 그냥 식사하는 거지.
친구	궁금해서 와봤어. 어떻게 지내나. 옛날 생각도 나고.
남편	그래? 나야 뭐 잘 지내지. 넌 잘 지내?
친구	뭐, 그냥 저냥.
남편	그래? 하하.

사이.

친구	집이 아주 좋다. 신혼?
남편	응. 1년 됐어.
친구	그래? 보기 좋다.
남편	보기 좋긴 뭐. 사람 사는 거 다 똑같지.
친구	(고개를 삐쭉 내밀고 집안을 둘러보는 친구) 몇 평이야? 되게 넓어 보이는데?
남편	안 넓어. 스물네 평 밖에 안 되는데 뭐.

친구   근데 되게 넓어 보인다?

남편   그래? 하하.

사이.

남편   저기, 잠깐 들어올래?

순간 남편에게 시선 주는 아내.

친구   둘이 파티 하는데 방해되는 거 아냐?

남편   응? 방해는 무슨… 들어 와.

친구   나 너무 눈치 없이 구는 거 아냐?

집안으로 들어오는 친구. 미간을 찌푸리며 남편의 옆구리를
꼬집는 아내.
난감한 표정을 짓는 남편.

친구   (주위를 둘러보며) 신혼이구나. 집도 깨끗하고 향기도 좋
은데?

남편   그, 그래? 새로 분양받은 거라서 그렇지 뭐.

친구의 시선이 식탁으로 간다.

남편   참, 저녁 먹었어?

친구　　사실… 저녁이나 같이 먹을까 해서 왔는데…

남편　　그래? 그럼 저녁 전이겠네? 뭐 앉아라. 같이 먹자.

친구　　아냐, 아냐. 난 나가서 먹을게. 불쑥 찾아온 것도 미안
　　　　해 죽겠는데…

어이없다는 듯 남편을 보는 아내.

친구　　나 신경 쓰지 말고 식사 계속해. (음식을 보며) 제수씨 직
　　　　업이 요리사예요?

아내　　(표정 풀며) 아, 아니에요.

친구　　음식 진짜 맛있겠네요. 냄새도 좋구…

남편　　그러지 말고 같이 먹자. 앉아.

친구　　아… 너무 염치없는 거 같아서…

자리에 앉는 친구.

남편　　(아내에게) 그릇이랑 수저 좀 갖다 줘.

아내　　(억지 미소를 지으며) 아, 알았어…

그릇을 가지러 가는 아내. 친구가 눈치 못 채게 남편을 쏘아
본다.

친구　　저기… 제수씨 죄송해요. 괜히 불쑥 찾아와서…

아내　　아, 아니에요. 편하게 계세요.

식탁 위의 와인을 보는 친구.

친구   와인 마시고 있었구나?

남편   한잔 줄까?

친구   아, 아냐. 비싼 거 같은데…

남편   비싸긴. (아내에게) 와인 잔도 하나 갖다 줘.

어이없어 입술을 잘근 깨무는 아내.

친구   엊그제 티비 나온 거 봤어.

남편   아, 그거?

친구   외과 전문의 김현태! 멋있더라. 말도 잘하고.

남편   그랬냐? (쑥스럽다)

친구   우리 동창들 중에… 니가 제일 성공한 거 같아…?

남편   야, 성공은 무슨. 요즘 흔하디 흔한 게 의사야.

친구   그래도…

이때 와인 잔과 그릇, 수저를 들고 오는 아내. 친구 앞에 놓아
준다.

친구   고, 고맙습니다…

아내   음식이 입에 맞을지 모르겠어요.

친구   아, 아니에요. 냄새가 이미 맛있는데요.

남편   자, 한잔 해.

친구   그, 그래…

어색하게 와인 잔을 드는 친구. 그는 와인 잔을 처음 들어본
듯 어색하다.
붉은 와인이 친구의 잔을 채운다.

친구   야, 색깔 봐… 꼭 피 같다…

와인을 따르는 남편. 말없이 식탁을 내려다보는 아내.

친구   비싼 와인을… (아내에게) 잘 마실게요…
아내   비싸지 않아요. 많이 드세요.

와인을 마시는 친구. 단번에 들이킨다.

친구   음… 꼭 무슨 음료수 같네… 하하. 진짜 달고 맛있네…
남편   한잔 더 줄까?
친구   응? (아내의 눈치를 보며) 더 마셔도 되나…
남편   한잔 더 해.

다시 따르는 남편. 표정이 안 좋은 아내.
신기한 듯, 잔을 채우는 붉은 색 와인을 바라보는 친구.

친구   저희 동창 중에 이 친구가 제일 성공했어요.

아내	아, 그래요?
친구	의사에, 티비도 나오고…
남편	티비는 그냥 한번 나간 건데, 뭐.
친구	근데… 와보니까 제일 성공한 건 결혼이네요… 제수씨처럼 아름다운 분을 아내로 두고.
아내	아이, 아름답긴요.

아내, 조금은 퉁명스럽게 대답하지만 아름답다는 말이 굳이 싫지는 않다.

친구	세상은 불공평한 거 같아요. 이렇게 잘난 친구가 제수씨 같은 멋진 여자를 만나면 나 같은 사람은 어쩌라는 건지…

어색하게 웃는 남편과 아내.

남편	참, 넌 결혼했어?
친구	아직. 먹고사느라고 결혼은 엄두도 못 내…
남편	하는 일은 뭐야?
친구	그냥… 입에 풀칠할 수 있는 일 해.
남편	혹시, 보험 하니?
친구	응?
남편	보험 하면 하나 들어 줄게.
친구	(손사래) 아, 아냐. 그냥 구멍가게 하나 운영해…

남편　그래?

사이.

친구　(접시를 들며) 여기다가 덜어서 먹으면 되는 건가?
남편　응. 먹고 싶은 대로 먹어.
친구　(접시에 음식을 덜며) 맨날 김치에 찌개나 먹어 버릇해서…

친구는 음식을 제대로 덜지 못해 흘린다.
흘린 음식을 손으로 집어먹는 친구. 그 모습을 보는 남편과 아내.
음식을 먹기 시작하는 친구.

친구　(아내에게) 맛있네요. 꼭 고급 음식점에서 먹는 음식 같아요.
아내　그래요?
친구　(와인 잔을 들며) 이건 밥 먹으면서 같이 먹는 건가?
남편　응. 입맛대로 마셔.
친구　이건 서양 방식이지? 촌놈이 이렇게 먹어 봤어야지.

또 주욱 들이키는 친구.

친구　진짜 맛있네.

다시 음식을 먹는 친구. 남편과 아내는 그 모습을 한동안 바라본다.

그런 남편과 아내를 보는 친구.

친구　　내가… 너무 교양 없이 먹었나? 같이 먹지? 같이 안 드세요?

아내　　많이 먹었어요.

친구　　아, 예…

아내의 눈치를 보면 다시 음식을 먹는 친구. 와인 잔을 드는데 비었다.

남편　　(와인병을 들며) 한잔 더 줄까?

이때 남편을 툭 치는 아내.

친구　　너무 한 번에 많이 마시는 건가…? 이런 건 원래 조금씩 마시는 거지?

잔을 내밀어 남편이 따라주는 와인을 받는 친구.

친구　　맨날 소주만 마셔봐서…

다시 음식을 먹는 친구.

남편에게 빨리 보내라고 눈치 주는 아내. 곤란해 하는 남편.
서서히 화가 나는 아내.

친구   (아내의 빈잔을 보고) 잔이 비었네요? 제가 한잔 드릴게
요…

아내   아니에요. 전 많이 마셨어요.

친구   아, 초면에 술을 따라주고… 내가 실수한 건가…?

남편   아, 아냐. (아내에게) 한잔 받아. 따라주는데.

어쩔 수 없이 잔을 드는 아내.

친구   (따라주며) 이 친구 괜찮죠?

아내   예?

친구   학교 다닐 때부터 인기가 많았어요, 이 친구가.

남편   (웃는다) 인기는 무슨.

친구   워낙 친구들한테 잘 해서…

아내   아, 그래요?

친구   저도 기분이 좋네요. 의사를 친구로 둬서.

남편   아이고, 참. 의사가 뭐 대단하다구.

친구   아냐. 남의 생명을 살리는 직업인데, 대단하지…

싫지 않은 남편.

친구   저는 이 친구가 의사라고 했을 때 짐작했어요.

아내　　그래요?

친구　　한번은 수업시간에… 생물시간이었나…? 개구리를 해
　　　　부한 적이 있었거든요… 배를 갈라서 내장 위치를 확인
　　　　하는 수업이었는데…

　　　　인상 쓰는 아내.

친구　　다른 친구들은 비위가 약해서 잘 못했는데… 이 친구는
　　　　거침이 없었어요… 어쩜 그렇게 잘 도려내는지… 기억
　　　　나?

남편　　하하. 내가 그랬었나?

친구　　저는 손이 떨려서… 그렇잖아요. 아무리 포르말린에 담
　　　　긴 죽은 개구리였지만… 그래도 배를 째는 건… 개구리
　　　　도 불쌍하고… 전 의사 같은 건 절대 못할 거 같아요…

아내　　(웃으며) 예…

친구　　그런 거 보면… 잘 되는 사람은 싹부터 다른 거 같아
　　　　요… 정말 대단해…

남편　　야, 그렇게 대단하지 않다니까. 하, 자식.

　　　　멋쩍게 웃으며 와인을 들이키는 남편. 같이 마시는 친구.

친구　　참… 양사장 알지?

남편　　양사장?

친구　　봉구… 양봉구.

남편	누구지?
친구	왜 말 더듬던 애 몰라? 맨날 너 부를 때마다 혀, 혀, 혀, 현태야. 그러던 애.

기억난다.

남편	아, 양봉구! 수완이 좋아서 우리가 양사장이라고 불렀던 애.
친구	그래. 양봉구. 말을 하도 더듬어서 늘 너랑 비교됐잖아. 선생님들도 걔 혼낼 때 현태처럼 또박또박 말을 해, 이러면서 혼내고…
남편	기억난다. 선생들이 못됐지. 그 콤플렉스 있는 애를 그런 식으로 혼내고. 나는 뭐가 되냐?
친구	얼마 전에 우연히 만났어. 지하철에서.
남편	봉구를? 뭐하고 지낸대?
친구	물건 팔더라구. 삼천 원짜리 가죽혁띠.
남편	아, 그래? 자씩. 열심히 사는구나?
친구	근데, 말을 안 더듬더라구? 상품 설명을 하는데 말이 청산유수야.
남편	하하하. 그래? 와, 신기하네?
친구	나도 알아보고 깜짝 놀랐어.
남편	진짜 대단한데?
친구	그치? 그런 거 보면, 사람 인생 언제 어떻게 될지 모르는 거야?

남편   그러게나 말이다. 보고 싶다. 양사장 어떻게 지내나.
　　　　하하.

즐겁게 웃는 남편과 친구. 건배하고 잔을 들이킨다.
어이없어 하며 덩달아 잔을 드는 아내. 어느 덧, 와인이 바닥
났다.

친구   와인이 다 떨어졌네?
남편   (아내에게) 한 병밖에 없어?
아내   우리 둘만 마실 줄 알았지.
친구   둘이 마셔야 되는 걸 내가 괜히 끼어들어서 축냈네…?
남편   뭐, 와인 말고 없나?
아내   (남편에게 눈치 주며) 글쎄…
친구   저기… 없으면 그만 마시지 뭐…
남편   아냐. (아내에게) 냉장고에 맥주나 소주 없어? 봐봐. 있
　　　　나?

머뭇하는 아내.

남편   (친구에게) 소주나 맥주도 괜찮지?
친구   그, 그럼… 사실 난 와인이 잘 안 맞는다. 맛도 밋밋하
　　　　고…
남편   그래? (아내에게) 자기야. 한번 찾아봐 줘.
아내   알았어…

마지못해 일어나는 아내. 냉장고 쪽으로 간다.

친구　　행복해보여서 좋다.

남편　　그래? 뭐 이왕 사는 거 행복하게 살아야지 않겠냐?

친구　　그럼. 행복해야 좋지.

남편　　너는 어때? 지내는 건 좋아?

친구　　으… 응… 뭐 좀 힘들기도 했는데… 이제 행복해지려
　　　　구…

남편　　야, 인생이 뭐 있냐? 한번 사는 건데? 행복하게 살아.

친구　　그럼. 그래야지.

이때 냉장고에서 소주를 꺼내 가져오는 아내.

아내　　언제 사다뒀어? 분명이 냉장고에 없었는데?

남편　　응? 아, 소주? 잠 안 오면 마실려구 사다놨지.

아내　　오자마자 곯아떨어지는 사람이 웬 잠이 안 오면?

남편　　(친구에게) 한잔 받아라.

잔을 드는 친구. 따라주는 남편.

친구　　저기… 죄송해요. 제가 결혼기념일을 망쳤죠?

아내　　아니에요.

친구　　워낙 보고 싶었던 친구라…

아내　　잘 오셨어요. 편하게 드세요.

친구   (소주병을 들며) 한잔 하세요?

남편   와이프는 소주 못 마셔.

아내   주세요.

잔을 드는 아내. 쳐다보는 남편.

아내   (차갑게 웃으며) 결혼기념일이잖아.

사이.

친구   그래요. 오늘 같은 날 한잔 하셔야죠.

아내에게 술을 따라주는 친구.

친구   우리… 건배 한번 할까요?

잔을 부딪치는 세 사람.

아내   캬.

친구   하하. 잘 드시네요?

아내   (으쓱하며) 생각보다 괜찮은데요?

친구   한잔 더 드릴까요?

아내   네.

잔을 내미는 아내.

남편　그만 마셔. 자기 소주 못 마시잖아.
아내　마실 만한데 뭐. (친구에게) 한잔 더 주세요.

친구, 남편의 눈치를 보며 머뭇머뭇하며 잔을 따른다.

친구　딱 한잔만 더 드릴게요. 이것만 드세요.

따라주는 친구.
친구가 술을 다 따르자 또 한 번에 잔을 비우는 여자.

남편　천천히 마셔. 꺾어서.
아내　아우, 맛있다!

근심어린 얼굴로 바라보는 남편.

아내　남자들이 이 맛에 소주를 마시는군요?
친구　맛으로 마시나요? 취하고 싶으니까 마시지.
아내　여자들도 취하고 싶을 때 많아요.
친구　아, 그래요? 언제요…?
아내　뭐, 삶이 언제나 뜻대로 풀리지는 않으니까요.

술잔을 비우는 남편.

친구   고민이 없으실 거 같은데…

아내   왜요?

친구   아름다우시죠… 좋은 남편 두셨죠… (집안을 둘러보며) 좋은 집에서 사시죠…

아내, 웃는다.
친구, 남편의 잔에 술을 따라준다.

친구   이 친구가 가끔 속상하게 하나보죠? 제수씨한테 정말 잘 할 거 같은데? (남편에게) 너 속 썩이는 거 아니지?

남편   글쎄, 난 속 썩인다고 생각한 적 없는데…

아내의 눈치를 살피는 남편.

친구   그치? 이 친구야 완벽하니까 뭐 제수씨 속 썩일 일은 없을 거 같은데… 노름을 하겠어요, 그렇다고 바람을 피겠어요.

아내   너무 바쁘잖아요.

친구   의사가 원래 바쁜 직업 아니에요?

아내   일주일에 두세 번 밖에 못 봐요, 얼굴.

남편   와이프 취했네.

아내   나 멀쩡해.

친구   직업상 늦는 거니까 제수씨가 이해를 해주셔야… 하하. 이 친구가 바람피느라고 늦는 게 아니잖아요.

아내   모르죠. 환자를 진료하는지 간호사를 진료하는지.

사이. 순간 크게 웃는 남편.

남편   으이구. 자기 왜 그래?

아내   웃지 마. 내가 간호사라도 자기 같은 의사라면 연애할 거야.

남편   아, 그래요? 나도 자기 같은 간호사라면 바람필 거예요.

아내   이거 봐.

남편   근데 걱정하지 마세요. 자기 같은 간호사가 없으니까.

아내   어쨌든 조심해. 레이더를 바짝 세우고 있으니까.

남편   그럼요. 우리 마누라 촉을 내가 알죠.

친구   바람필 수도 있어요.

사이.

아내   예?

친구   이 친구, 바람필 수도 있다구요. 여자들한테 인기 많았거든요. (남편에게) 영자 기억 안 나?

남편   야, 그게… 그게 무슨 말이야…?

당황하는 남편. 남편을 보는 아내.

친구　(장난스럽게 씨익 웃으며) 하하하. 당황하는 거 봐라. 농담이야.

남편　(같이 웃으며) 아이, 자식. 무슨 농담을 그렇게 정색을 하고 하나? 하하.

친구　내가 말해놓고도 웃긴다. "영자 기억 안 나?" 하하.

수줍게 웃는 친구. 남편과 아내도 어설프게 따라 웃는다.

친구　(아내에게) 이 친구요, 따라다니는 여학생은 많았는데 돌부처였어요, 돌부처.

아내　따라다니는 여학생은 많았나 보죠?

친구　워낙 인기가 많았어요. 인근 여학교에도 성실하다고 소문이 자자했구…

남편　애들 때 얘기를 새삼스럽게.

아내　성실한 게 좋은 건 아니죠.

남편　?

친구　… 예?

아내　늘 손해 보고 본인만 피곤하잖아요.

남편　나 피곤한 거 없는데?

아내　같이 사는 사람이 피곤하지. (친구에게) 이 사람요, 새벽에도 병원에서 전화 오면 출근해요.

친구　그건 좀 심한데…?

아내　그죠? 아니 발신자 번호 뜨니까 안 받을 수도 있잖아요. 새벽에 병원에서 전화 오면 뻔한 건데.

남편	어떻게 안 받아. 응급환자가 들어오는데.
아내	의사가 자기 혼자야?
남편	새벽에 응급환자들 밀려오면 바빠. 다른 의사들이 놀면서 나한테 전화하나?
아내	그래도 잠은 자야 될 거 아냐? 자기 기억 안 나? 병원에서 이틀 밤새고 새벽에 퇴근하다 졸음운전해서 큰 사고 날 뻔한 거?
친구	그건 제수씨 말이 맞다. 의사는 사람 아닌가?
아내	제 말이요. 환자 살리려다가 의사가 죽는다니까요.

남편, 어이가 없다.

친구	새벽에 병원에서 오는 전화는 받지 말아라. 제수씨 생각도 해야지. (아내에게) 한잔 더 하세요.

친구, 아내에게 잔을 따라준다.

친구	(따라주며) 생각해보니까 의사 아내도 힘든 직업이네요.
아내	그럼요. 남들은 사자(字) 남편 됐다고 부럽다 그러는데 막상 살아보라고 하세요. 남편 바쁜 거, 그거 스트레스예요.

헛웃음 짓는 남편. 술잔을 들이킨다.

친구	정말 쌓인 게 많으셨나보네? 한잔 하세요. 건배.

친구와 아내, 건배한다. 쭈욱 들이키는 아내.

아내	전 사실요, 평범한 삶이 좋거든요. 아침에 출근해서 저녁에 퇴근하고. 주말에 놀러 가고. 남들 다 그렇게 살잖아요.
친구	애를 빨리 낳으세요. 애 보고 싶어서라도 일찍 들어올 수 있잖아요.
아내	애를 저 혼자 낳아요? 하늘을 봐야 별을 따죠.
남편	(웃으며) 어이구?
친구	이렇게 예쁜 부인을… 독수공방 시키는 거야?
남편	그런 거 아냐.
친구	하늘을 봐야 별을 따신다잖아…?
아내	저희 신랑 집에 오면 제일 먼저 하는 일이 뭔 줄 아세요?
친구	?
아내	뻗어서 자는 거요. 씻지도 않고.
친구	정말요?
아내	네.
친구	이렇게 미인인 부인을 옆에 두고 그냥 자요?
아내	제 말이요.
친구	못 쓰겠네?
남편	야, 다른 얘기 하자. 자, 마셔.

잔을 들어 권하는 남편. 친구, 잔을 든다.

친구   그렇다고 바람피시면 안 돼요.

아내   예?

친구   이 친구 배신하시면 안 된다구요.

아내   에이, 말이 그렇다는 거죠. 오버하시네? 호호.

친구   너무 하고 싶으실 때도 있으실 거 아니에요.

아내   예?

친구의 노골적인 말에 아내는 당황한다.

친구   아, 저는 그런 뜻이 아니고… 그러니까… 제수씨도 사람이니까… 제 말은… 그게…

남편   바람필 만큼 내버려 두지는 않으니까 걱정하지 마라. 자식. 자, 마셔.

친구   (자책) 하여튼 난 너무 교양 없고 무식해서…

잔을 들이키는 남편과 친구.
아내는 친구의 말이 불쾌했지만 내색하진 않는다.

친구   제수씨도 한잔 하시죠?

술병을 들어 아내의 잔에 따르려하는 친구. 그런데 술이 없다.

친구 어, 술이 다 떨어졌네? (일어난다) 냉장고에 있나요? 제가 가져올게요.

아내 (말리며) 술이 없는데… 그게 마지막이었어요.

친구 뭐, 맥주 같은 거라도…

아내 저희가 원래 집에서 술을 잘 안 마셔서…

친구 아, 그래요? 이거 아쉽네…

친구, 남편을 본다. 남편은 아내의 눈치를 본다. 아무진 표정을 짓는 아내.

친구 가만있어 봐. 그렇게 아니라 제가 오늘 친구 집에 오면서도 빈손으로 왔는데…

안 주머니에서 지갑을 찾는 친구.

아내 아니에요…

친구 아닙니다, 제수씨. 그래도 경우가 그게 아니에요.

아내 정말이에요…

친구 앉아계세요. 제가 죄송해서 안 됩니다. 가서 술이랑 제수씨 좀 드실 거랑 사올게요. (남편에게) 여기 슈퍼나 마트 있나?

남편 응?

친구 올 때 보니까 안보이던데. 여긴 어떻게 아파트 단진데 마트가 없어? 약도 알려줘. 갔다 올게.

남편 좀 내려가야 돼. 여기가 꼭대기 동이라…

아내 그냥 두세요…

친구 더군다나 오늘 두 분이 결혼기념일이잖아요. 가서 샴페인도 사 올게요.

친구의 막무가내에 남편과 아내는 당혹스럽다.

친구 얼마나 내려가야 돼? 한참 가나?

남편 그게… 아파트 나가자마자 오른쪽으로 가야 되는데…

친구 근데 난 길치라서 어디가 어딘지를 잘 모르겠더라구. 여기 올 때도 124동 찾는데 왜 이렇게 안 보이는지. 또 나가서 길 잃는 거 아닌지 모르겠다. 오른쪽으로 가서…?

남편 쭉 내려가면 108동이 나와.

친구 쭉 내려가서 108동.

남편 108동 끼고 왼쪽으로 돌면 놀이터 보이거든?

친구 108동 끼고 왼쪽? 복잡하다, 복잡해. 놀이터 지나서…?

사이.

남편 아니다. 내가 가지 뭐.

놀라는 아내.

친구	아냐. 내가 갖다 올게.
남편	(아내의 눈치를 보며) 괜히 헤맬 수도 있고… 그래도 손님인데. 내가 금방 뛰어갔다 오지 뭐.

아내, 남편을 향해 입모양으로 "미쳤어?"를 말한다.
매우 곤혹스런 표정을 짓는 남편.

친구	이거 민폐의 연속이네. 올 때 사왔으면 좋았을 걸. 아이, 바보 같은 놈.

잠바를 걸치는 남편.

아내	저기… 있잖아…
남편	(아내에게) 금방 갔다 올게.
친구	너무 미안하네…?
남편	아냐. 잠깐만 기다려.

나가는 남편.

아내	빨리 와?
남편	알았어.

현관문이 닫힌다. 집안은 갑자기 정적이 감돈다.
친구와 둘만 남게 되자 아내는 굉장히 불편하고 어색하다.

친구는 말없이 앉아 있다. 그런데 좀 전의 느낌과는 다르다.
아내는 그것이 더 불안하다.
잠시 동안 정적이 이어진다.

아내   빈 그릇은 좀 치워야겠네…

견디다 못한 아내, 테이블 위의 빈 그릇을 치운다. 그 모습을
뚫어져라 쳐다보는 친구.
아내는 시선을 주진 않았지만 친구가 자신을 보고 있다는 걸
느낀다.
가슴 쪽 옷매무새를 고치는 아내. 서둘러 빈 그릇을 거둬서
싱크대 쪽으로 간다.
물을 틀어 설거지를 하는 아내.

친구   겨울이었어요.

아내   (놀란다) 예?

친구   아버지는 천안에 있는 도살장에서 일을 했죠. 아버지한
테는 늘 비린내가 났어요. 피비린내. 엄마는 그 냄새를
못견뎌 했죠. 그래서 집을 나갔어요. 그 뒤로 아버지는
술에 절어 사시다가 함박눈이 내리던 날 목을 매고 자
살을 했죠. 학교 끝나고 집에 갔는데 아버지가 도축장
으로 끌려가던 소들을 묶던 새끼줄에 목이 묶인 채로
매달려 있더라구요. 일단 병원으로 가자. 낫으로 새끼
줄을 끊고 아버지를 들쳐 엎었죠. 근데 걷지를 못하겠

어요. 너무 무거워서 두세 걸음 걷다가는 쓰러질 거 같았어요. 나보다 키도 작고 몸도 빼싹 말랐는데 도무지 감당이 안 돼요. 아버지의 무게가. 그때 생각했어요. 평생 소들을 죽인 죄의 무게일 거라고. 내가 못 드는 게 당연할 만큼 아버지의 죄는 무겁다고. 그리고 그 죄는 지금처럼 이렇게 내 어깨에 그대로 대물림 될 거라구. 장례 치르고 엄마를 찾아야겠다고 마음먹었어요. 이유는 모르겠지만 엄마한테 아버지의 죽음을 말해줘야 될 거 같았어요. 얼핏 평택에서 미군들을 상대로 몸을 판다는 얘긴 들었는데 막상 엄마를 찾아가려니 막막하더라구요. 그때 도와준 친구가 이 친구예요. 사정을 얘기했더니 자기가 같이 가주겠다고. 이 친구랑 둘이 무작정 평택으로 갔어요. 그리고는 사창가를 이 잡듯 뒤졌죠. 보름 지나선가? 엄마를 찾았어요. 미군부대에서 나오는 물건들을 받아 길거리에서 팔고 있더라구요. 이미 몸 팔 나이도 지나서 근근이 그렇게 먹고 살았던 거죠. 그때 또 생각했어요. 아, 아버지가 내 어깨에 대물림 해준 죄가 이거구나. 이게 내 죄업이구나. 엄마를 집으로 데리고 와서 제가 모시고 살았죠. 내 업이니까. 뭐, 엄마도 불쌍하죠. 백정 남편 만나 생고생 하다가 집 나가 미군들한테 몸 팔고. 몸이 배겨나겠어요? 난 엄마가 말기 암인 게 당연하다고 생각했어요. 당연하죠. 그렇게 살아놓고 말기 암 정도도 안 걸릴 거라고 생각했다면 뻔뻔하죠. 전 다행이라고 생각해요. 평생 지은 죄 어쨌든 그렇게라도 값을 치루는 거니까….

사이.

친구   제수씨.
아내   예?

아내를 뚫어져라 보는 친구. 아내는 당황한다.
자리에서 일어나는 친구. 천천히 아내에게로 다가온다.
갑자기 알 수 없는 두려움에 휩싸이는 아내.
초점 없는 친구의 눈빛이 아내로 하여금 더욱 공포감을 느끼
게 한다.

아내   왜, 왜 이러세요…

아내의 코앞까지 다가간 친구.
뒤로 물러서는 아내. 그러나 싱크대에 걸려서 꼼짝 할 수가
없다.
친구, 갑자기 손을 들어 강하게 내리친다.

아내   (머리를 양팔에 묻으며) 으아악!

친구의 손은 싱크대 벽을 내려쳤다.
고개를 들어 친구의 손을 보는 아내.

친구   (손바닥을 보여주며) 지금도 모기가 있네요? 이제 곧 겨울
인데. 요즘 모기는 진화하나 봐요. 지구 온난화 때문이
라고도 하는 거 같고…

아내   아, 네…

아무 일도 없었다는 듯이 식탁에 와서 다시 앉는 친구. 아내
는 가슴을 쓸어내린다.

친구   놀랐어요?

아내   예?

친구   놀란 표정이라서.

아내   아, 아뇨. 모기 때문에…

다시 설거지를 하는 아내. 이때 초인종 소리 들린다. 띵동!

아내   (기다렸다는 듯이) 어, 자기 왔어?

서둘러 입구로 가서 문을 열러주는 아내.
술병이 담긴 비닐봉지를 들고 들어오는 남편.

아내   왜 이렇게 오래 걸렸어?

남편   빨리 갔다 온 건데? 간 지 얼마나 됐다구.

아내   아, 그런가? 아니, 손님을 너무 오래 혼자 두게 하니
까…

다시 싱크대로 가서 설거지를 하는 아내.

남편　(친구에게) 많이 기다렸어?

친구　아, 아냐. 야, 미안하다. 괜히 나 때문에.

남편　니가 올 줄 알았으면 미리 좀 준비를 해두는 건데.

친구　살다보면 그래? 전혀 예상 못한 일이 불쑥 불쑥 끼어
　　　　들고.

봉지에서 술을 꺼내 테이블에 올리는 남편.

남편　조금만 사왔어. 뭐 많이 마실 건 아니지?

친구　그럼. 아쉬우니까 한잔만 더하자는 거지.

남편　자기야. 뭐해? 이리 와?

아내　다 했어. 헹구기만 하면 돼.

남편　으이구. 나중에 한 번에 하지.

친구　자, 한잔 받아.

친구와 남편, 서로 따라주고 받는다.

친구　안락사 있잖아?

남편　응?

친구　얼마 전에 티비에 나와서 너 토론했던 거. 정말 그렇게
　　　　생각해?

남편　뭐가?

친구	안락사를 반대하는 거 말야.
남편	그럼. 안락사는 범죄야.
친구	범죄?
남편	살인.
친구	살인…
남편	인위적으로 사람 목숨을 끊는 거 아냐. 그건 어떤 경우라도 정당화 될 수 없어.
친구	그런 게 있잖아. 어쩔 수 없는 거.
남편	어차피 죽는 거 고통 없이 빨리 죽이자는 게 찬성하는 사람들의 논리거든. 이렇게 생각해 봐. 사람은 어차피 다 죽어. 그럼 왜 살아. 그냥 일찍 죽지. 어차피 죽을 거.

이때 설거지를 마치고 오는 아내.

아내	(친구에게) 포기하세요. 이사람 고집이 얼마나 쎈대요.
남편	고집이 아냐. 이건 윤리의 문제야. 인권의 문제고.
친구	나도 그렇게 생각해.
남편	그렇지?
친구	사람 목숨을 사람이 함부로 끊으면 안 되지.
남편	어떤 누구도 그럴 권리는 없지.
친구	내 친구라서가 아니라 정말 니가 자랑스럽다. 훌륭해.
남편	하, 자식. 낯간지럽게 자랑스럽긴.

건배하는 남편과 친구, 단숨에 잔을 비워버린다.

남편의 잔에 술을 따라주는 친구.

친구   (아내에게) 받으세요.

아내   전… 그만 마실게요…

친구   막잔 드릴게요. 이것만 드세요.

남편   그래. 한잔만 더 해.

아내   그럼… 딱 한잔만 더 마실게요.

남편   자기 혹시 잘 마시면서 나한테 거짓말 한 거 아냐?

아내   의사를 남편으로 둘려다 보니 어쩔 수 없었어.

남편   그래요? 자, 한잔 하시죠, 사기꾼 아가씨.

아내   그럴까요, 순진한 의사선생.

기분 좋게 건배하고 주욱 들이키는 남편. 아내는 술을 남긴다.
그 모습을 바라보며 혼자 잔을 비우는 친구.

남편   캬. 오늘 술 잘 받네.

친구의 잔에 술을 따르는 남편.

친구   기분 좋다. 사실 망설였거든. 올까, 말까. 실례될까 봐.

남편   잘 왔어. 실례는 무슨. 이왕 이렇게 된 거 편하게 마셔.

친구   하필 오늘이 결혼기념일이 돼 놔서… 둘이 오붓하게 보
내야 하는데… (아내에게) 한잔 해요.

건배하는 친구와 아내. 친구는 아내를 향해 묘한 표정을 짓는다.

아내는 순간 당황했지만 짐짓 모르는 척 넘어간다.

남편 뭐야. 둘만 건배해? (친구에게) 넌 남의 처자한테 매너 없이 건배를 제의하고 그게 뭐냐?

친구 아, 그런가? 미안… 잔이 남으셨길래…

남편 농담이야. 뭘 또 그렇게 좌불안석이냐? 자식. 자, 거국적으로 한잔 합시다.

잔을 드는 세 사람.

친구 내가… 건배 제의를 좀 해도 될까?

남편 건배제의?

친구 축하해주고 싶어서.

남편 좋지. 해 봐 어디.

친구 두 사람의… 영원히 잊지 못할 결혼기념일을… 위하여.

남편 위하여!

아내 위하여.

세 사람, 동시에 잔을 들이킨다. 남편과 아내는 점점 취해간다.

남편 우리 음악 들을까? 잠깐만.

일어나 오디오 쪽으로 가는 남편. 가면서 약간 비틀댄다.

남편   어쭈, 취하네?

자신의 잔에 술을 따르는 친구.
아내에게 시선을 주며 술병을 내밀자 움찔하는 아내.
뭔가에 홀린 듯 잔을 들어 친구가 따라주는 술을 받는다.

남편   (cd를 찾으며) 어디 있더라? 여 깄네. (오디오에 cd를 넣는다) 자, 뮤직, 큐!

감미로운 음악이 흐른다.
남편은 기분이 좋은 듯 그 음악에 맞춰 흐느적대며 아내에게 온다.

남편   (손을 내밀며) 부인. 한 곡 하실까요?
아내   으, 응?

당황하는 아내. 친구의 눈치를 본다.

남편   저와 함께 오늘을 기념하시죠?
아내   자기… 소, 손님도 있는데…
남편   괜찮아. 친군데.

친구에게 손을 들어 양해를 구하는 남편. 양손을 내밀며 화답하는 친구.

남편   부인. 이리 오시오.

억지로 부인의 손을 잡아끄는 남편. 난처하지만 어쩔 수 없이 끌려가는 아내.
둘은 포옹을 하고 음악에 맞춰 몸을 흔든다. 그 모습을 유심히 바라보는 친구.
남편은 완전히 음악에 몸을 맡긴 채로 춤을 추지만
아내는 이 상황이 몹시 불편하고 신경 쓰인다.
더구나 아내는 슬쩍 슬쩍 친구와 눈이 마주치고
그때마다 알 듯 모를 듯 미소를 보내는 친구가 부담스럽다.

아내   저기… 자, 자기야… 그만… 하지…
남편   왜 이래. 좋은데.
아내   나 어지러워. 술 취한단 말야.
남편   나한테 기대. 편해질 거야.

친구는 묘한 미소를 짓는다.

친구   보기 좋아. 너무 멋지다.

해맑게 웃는 친구. 아내는 마음을 놓는다. 거부하던 손길로 남편의 목을 휘감고 춤에 몰두한다.

친구　　정말 너무나 잘 어울리는 한 쌍이야. 세상에서 제일 행
　　　　복한 사람들.

춤을 추며 친구에게 손으로 V자를 그려 보이는 남편.
집안을 메우는 감미로운 음악. 남편과 아내는 어느 순간 친구
를 잊고 춤을 즐긴다.
그 모습을 한동안 흐뭇하게 바라보던 친구, 들고 온 가방에서
작은 약봉지를 꺼낸다.
그리고는 아내의 술잔에 그 약봉지를 털어 넣는다.
(이 모습은 관객이 봐도 좋고 안 봐도 좋다)
여전히 나른한 기분으로 춤을 즐기는 남편과 아내.
친구는 자리에서 일어나 그들에게 간다.

친구　　저기…
남편　　?
아내　　?
친구　　있잖아…
남편　　왜?
친구　　이래도 될런지…
남편　　뭐가? 얘기해.
친구　　제수씨랑… 춤 한번… 춰봐도 될까…?

사이.

당황하는 남편과 아내.
남편은 아내를 본다. 어설픈 웃음으로 난처함을 표현하는 아
내.

남편 그, 그럴래…?
아내 자기야. 초면에 무슨…

얼떨결에 친구의 부탁에 수긍하는 남편.
아내는 당황하지만 계속 웃기만 할 뿐 그렇다고 내색하진 않
는다.

남편 한번 춰. 뭐 어때?
아내 아이, 저기…

어쩔 수 없이 친구의 손을 잡는 아내. 둘은 춤을 추기 시작
한다.
남편은 식탁에 앉아 둘이 춤을 추는 모습을 본다.
몸이 밀착될 때마다 몹시 신경 쓰이는 아내.
그러나 친구에게 실례가 될까봐 몸을 뒤로 빼지 못한다.

친구 제, 제가… 춤을 제대로 추고 있는 건지 모르겠어요?
아내 네?

친구	이런 춤을 처음 춰봐서…
아내	아, 네. 잘 추시는데요…

춤추는 모습을 재밌다는 듯이 보다가 이내 술잔을 단번에 비
우는 남편.
(친구가 약을 탄 잔이지만 이 역시 관객은 못 봐도 된다)
아내를 더욱 안는 친구. 거부하지 못하는 아내.
이제 친구와 아내 사이의 공간은 없다.
그 모습을 바라보는 남편, 휘파람을 불고는 잔에 술을 따른다.

친구	(작은 목소리로) 낯선 여자와 이렇게 가까이 있어보긴 처
	음이에요.
아내	(못 알아들었다) 예?

그러자 친구가 아내의 귀에 입을 가까이 댄다. 움찔하는 아내.

친구	떨린다구요.
아내	아, 예…

남편 쪽을 바라보는 아내. 남편은 술잔을 비우고 있다.
남편에게 구원의 눈길을 보내지만 남편은 아내의 불편함을
눈치 못 채고 그저 웃기만 한다.
이때 친구가 아내를 본다. 어색하게 웃어 보이는 아내.
아내의 입술과 목을 위아래로 천천히 훑는 친구.

아내는 모르는 척 허공으로 눈을 피한다.
말없이 계속 춤을 추는 아내와 남편.
이때 남편이 끼어든다.

남편   (박수치며) 아, 좋아! 멋있어! 그만하고 이제 술 한잔 합시다!

친구   (춤을 멈추고 정중하게 인사하며) 제수씨. 실례가 많았습니다.

아내   (얼떨결에 인사하며) 아, 네…

오디오를 끄는 아내. 그러자 집은 다시 현실로 돌아온 듯하다.
식탁으로 와 앉는 친구.

남편   자, 한잔 합시다.

잔을 드는 세 사람.

친구   제수씨는 이제 그것만 드세요.

아내   네. 저는 막잔입니다.

주욱 들이키는 남편과 아내. 그 모습을 보고 친구도 술잔을 비운다.

남편   (술병을 들며) 자, 한잔 받아.

술을 따라주는 남편.

친구   오늘 너무 고맙다.
남편   뭐가?
친구   불청객인데 이렇게 따듯하게 맞아줘서.
남편   자식, 고맙긴.

남편의 잔에 술을 따라주는 친구.

친구   나는 허락해야 된다고 봐.
남편   뭐가?
친구   안락사.
남편   뭐야. 또 그 얘기야?
친구   너무 고통스럽잖아. 환자도, 그 주위사람들도. 환자도
자길 죽여줬으면 하잖아. 너무 괴로우니까.
남편   그렇다고 사람 목숨을 인위적으로 끊을 순 없어.
친구   (진지하게) 피를 토하고, 고통을 참느라 벽을 긁어서 손
톱이 뭉개져도?

사이.

남편   야, 이제 이 얘긴 그만하자. 자꾸 분위기가 가라앉는다.
하하.
친구   넌 몰라.

남편　　응?

친구　　고통이 뭔지 넌 모른다구.

남편　　야… 너 왜 그래…?

친구　　허긴, 넌 안락한 환경에서 편안하게 자라왔으니까. 고통이란 걸 경험할 틈이 없었지.

남편　　뭐라구…?

친구　　17년 전, 평택에서 우리 엄마를 처음 봤을 때 오물을 바라보듯 했던 너의 표정을 나는 지금도 잊을 수 없어.

남편　　뭐? 엄마?

남편은 기억을 더듬는다. 아내는 갑자기 어지러운지 탁자에 손을 괴고 머리를 만진다.

친구　　이해해. 나도 그랬으니까. 누구나 그렇지.

남편　　그, 그건… 언제 적 얘기를…

친구　　나는 엄마가 말기 암이라고 했을 때도 놀라지 않았어.

남편　　어, 어머님이 말기 암이시니?

친구　　당연하지. 시궁창 같은 삶을 살았으니까.

남편　　그랬구나. 어머님이 그러면 나한테 빨리 연락을 하지? 어디 병원이야? 우리 병원으로 옮겨라. 우리 병원이 암 전문이거든. 훌륭한 의사선생님들도 많고.

친구　　병원에 안 계셔. 집에 모셨어.

남편　　그, 그래? 너, 그래서 자꾸 안락사 얘길 꺼냈구나?

친구　　상관없어. 그게 합법이든 불법이든. 그건 그냥 형식적

제도에 불과하니까.

남편　그, 그게 무슨 말이야…?

이때 턱에 괸 손이 툭 미끄러지면서 비틀대는 아내.

남편　자기 왜 그래?

아내　몰라… 갑자기 어지럽네…?

남편　이제 취기가 오르나보네? (물컵을 들며) 물 한잔 마셔.

아내를 부축해서 물을 먹이는 남편.

남편　어때? 계속 어지러워?

아내　아… 머리 아파… 어떡해…

남편　그러게 마시지도 못하는 술을 왜 그렇게 마셔?

아내　아…

남편　많이 아퍼?

아내　자기야… 나 두통약 좀…

남편　아이 참. 가지가지 한다. (친구에게) 잠깐만.

약을 가지러 서랍장으로 향하는 남편.

남편　(서랍장을 뒤지며) 두통약이 어딨더라?

이때 천천히 가방을 테이블 위에 올려놓는 친구. 가방을 열고 그 안에서 망치를 꺼내든다. 그리고는 약을 찾고 있는 남편에게로 다가와 정확하게 남편의 허리를 가격한다.

남편 (비명) 아악!

허리를 한번 휘청하고는 그대로 바닥에 고꾸라지는 남편. 고통으로 몸을 파르르 떤다.
아내는 이 모습을 목격하지만 몸이 말을 듣지 않아 어찌질 못한다.

친구 소나 사람이나 한번에 뻗기는 마찬가지네. 나는 아버지의 직업을 경멸했어.
집안은 늘 피비린내로 골치가 썩었지. 술에 취한 아버지가 골아 떨어져 코를 골면 소가 우는 소리가 들렸어. 음머어. 음머어. 방구석에 쪼그리고 앉아 귀를 틀어막고는 생각을 했지. 아버지는 왜 도축을 할까? 내가 아버질 도축할까? 그럼 피비린내가 없어지겠지. 근데, 그 아버지에 그 아들이라고… (망치를 들어 보이며) 내가 아버지 일을 물려받을 줄은… 난 할 줄 아는 게 아무것도 없었지. 어릴 때부터 봐온 게 도둑질이니 도둑질을 할 수밖에. 정말 소를 죽이는 일만큼은 하고 싶지 않았는데…

이때 가까스로 자리에서 일어나 남편 쪽으로 가는 아내. 그러나 발걸음이 잘 떨어지지 않는다. 재밌는 듯 아내 옆으로 가서 그런 아내를 보는 친구.

친구 생각처럼 몸이 안 따라주지? (주머니에서 약봉지를 꺼낸다) 당신 술잔에 약을 탔거든. 춤추느라 정신이 없을 때 말야.

더 이상 걷지 못하고 쓰러지는 아내. 친구가 부축해서 의자에 앉힌다.

친구 전문용어로, 마약. 곧 있으면 몸이 나른해지면서 구름에 둥둥 떠 있는 듯한 기분을 만끽할 수 있지. 혼자 독수공방한 그대에게 주는 내 선물. 쾌감을 만끽하라구. 그래야 선물한 나도 체면이 서지.

남편 이 개새끼…!

일어나려 애쓰는 남편. 그러나 꼼짝할 수가 없다.

친구 애쓰지 마라. 척추가 나갔으니까. 의사니까 잘 알 거 아냐?

거친 숨을 내 쉬는 남편.

친구 (아내와 남편을 번갈아보며) 재밌네. 방금 전까지 행복에

겨워하던 사람들이 이런 반전을 겪다니.

남편 처, 철호야! 너 갑자기 이러는 이유가 뭐야…? 내, 내가
뭐… 너, 너한테 실수한 거라도 있냐?

친구 난 이해가 안 돼. 안락사를 반대하는 놈들 말야.

남편 뭐, 뭐라구…?

친구 인권? 피와 세포가 말라서 서서히 죽어가는 사람 앞에
무슨 인권? 산소호흡기 끼고 일주일 더 살면, 그게 인
권인가? 하여튼 배웠다는 것들의 혓바닥이란!

남편 너… 내가 아, 안락사를 반대한다고… 지금 그것 때문
에 나, 나한테 이러는 거냐…?

친구 다들 경험을 해보지 못해서 그래. 자기가 직접 그 고통
을 느껴보지 못하니까 실감이 안 나는 거지. 그러니까
인권이니 도덕이니 개나발을 불면서 잘난 척이나 해대
는 거라구.

남편을 보는 친구.

친구 너도 마찬가지야. 너는 고통이 뭔지 몰라. 진짜 고통을.

아내를 보는 친구.

남편 야, 처, 철호야…!

아내 쪽으로 가는 친구.

남편   뭐, 뭐하는 거냐…?

친구   진짜 고통이 뭔지 느끼게 해줄게.

테이블을 치우고 아내를 그 위에 뉘이는 친구. 아내는 간헐적인 신음소리만 뱉을 뿐 반항하지 못한다.

남편   무, 무슨 짓 하는 거냐…?

가방 쪽으로 가서 새로운 주사기를 꺼내는 친구.

친구   (작은 약병에 주사기를 꽂아 약을 주입하며) 너 아미노센이 뭔지 알지? 내가 이걸 엄마한테 한 방 놔드렸거든.

남편   뭐, 뭐라구…!

친구   세상은 참 편리해. 또한 아쉽고. 이 약이 빨리 나왔으면 아버지도 손에 피를 묻히진 않았을 텐데. 자신의 죽음을 예감하고 발광하던 소도 이 약이 투입되면 진정을 해. 그리고 순한 양처럼 다소곳해지지. 근육은 나른해지고 동공도 풀려. 신음 소리 같은 호흡을 뱉고 음부에선 똥오줌이 줄줄 새지. 심장박동은 점점 줄어들고 그러면서 서서히 죽어가는 거야.

아내를 보는 친구.

남편   너 이 개새끼… 그만두지 못해!

친구　　자, 고통을 체험할 시간이다.

아내에게로 가는 친구.

남편　　철호야! 그러지 마! 원하는 게 뭐냐! 안락사? 찬성한다!
　　　　안락사는 합법이야!

친구　　(고개를 가로저으며) 음, 음. 아냐, 아냐. 상황이 불리하다
　　　　고 꼼수를 부리면 안 되지. 고통을 정면으로 응시해라.
　　　　그리고 너의 신념대로 너의 생각을 말해야지.

남편　　어, 어머니 일은 유감이다!

걸음을 멈추는 친구.

남편　　미안해. 사과할게. 어, 어머니를 안락사 시킨 니 마음
　　　　충분히 이해한다! 니 고통이 얼마나 컸을지 짐작이 가!
　　　　니가 한 일은 잘한 일이야, 철호야!

사이.

친구　　엄만 불쌍한 여자였어. 세상에 나와서 죽을 때까지 불
　　　　행했지. 매일 매일 아랫도리가 피로 홍건히 젖은 채 아
　　　　픔으로 신음했지. 엄마는 매일 매일 나에게 눈으로 말
　　　　했어. 뭘 망설이냐 아들아. 내 모습을 봐. 불행한 삶으
　　　　로 만신창이가 된 나를. 니가 할 일은 분명하단다… 난

선택의 길이 없었어.

아내를 보는 친구.

남편 제, 제발 철호야! 그러지 마!

친구 엄마. 내가 죽여줄게요. 엄마의 고통을 내가 끝내줄게요. 엄마도 그걸 원하시죠? 난 주사기를 들고 엄마에게 다가갔지.

아내에게 다가가는 친구. 아내는 몽롱함 속에서도 공포를 느끼지만 어쩔 도리가 없다.

남편 (울부짖는다) 제발 철호야!

친구 엄마는 또렷이 나를 보고 웃었어. 마치 날 대견해하는 거 같았어. 엄마가 나를 향해 그런 표정을 짓기는 처음이었지. 난 떨렸지만 용기를 냈어. 차분하게 엄마의 팔뚝에서 혈관을 찾았지.

아내 (운다) 자기야…

남편 철호야! 그러지 마 개새꺄!

아내의 팔에서 혈관을 찾는 친구. 계속 울부짖는 남편.

친구 엄마의 팔은 너무 앙상했어. 마른 나뭇가지처럼. 고달픈 삶이 엄마의 피와 살을 갉아먹은 탓이지. 난 눈물이

났어. 엄마 눈에도 눈물이 났지. 울지 마세요, 엄마. 내가 엄마의 눈물을 닦아 줄게요. 내가 엄마 가랑이 사이로 흐르는 피고름을 닦아 줄게요. 그제 그만 편안해지세요… 난 어렵게 엄마의 혈관을 찾았어.

아내의 혈관을 찾아내는 친구.

친구   그리고 엄마를 안락의 길로 인도해줄 생명수를 넣었지.

아내의 혈관에 주사기를 꽂는 친구. 움찔하는 아내.

남편   안 돼!

고통스럽게 신음하는 남편. 아내의 머리를 쓰다듬는 친구.

친구   잘 가요, 엄마. 이제부터 불행 끝 행복 시작이에요.
남편   이 개새끼… 너 내 손으로, 반드시 죽여 버릴 거야… 잘근잘근 씹어서, 고통스럽게 죽여 버릴 거야… 이 개새끼… 이 살인자 새끼…
친구   니 아내는 이제 죽어간다. 소처럼 똥오줌을 줄줄 흘리고 고통스럽게 천천히 죽어갈 거야.

고통으로 울먹이는 남편.

친구　이제 좀 알겠냐? 고통이 뭔지?

남편　이유가 뭐냐… 내가 안락사를 반대한 게… 그렇게 큰 죄냐…?

친구　안락사?

남편　그게… 내 아내를 죽인 이유야…?

친구　애초부터 안락사는 관심 없었어. 반대하든 찬성하든 내가 알게 뭐야.

남편　그런데 내 아내를 죽이는 이유가 뭐야!

친구　우리 삶이 그렇잖아. 아무런 이유도 없이 원치 않는 일이 불쑥 불쑥 찾아오잖아.

고통스러워하는 남편. 사이.

남편　나는 단 한 번도 내 삶이 즐거웠던 기억이 없어. 주정뱅이 아버지의 폭력과 엄마의 울부짖음이 내 유년의 전부였다. 처음엔 삶이 원래 그런 줄 알았어. 근데 며칠 전 티비에 나온 널 보면서 혼란스러워지기 시작했다. 맞아. 저놈은 언제나 즐겁고 행복했어. 난 생각했다. 왜 똑같이 세상에 나왔는데 각자가 겪는 삶이 다르지? 저놈은 행복한데 왜 나는 불행하지? 왜 우리 아버지는 목을 맺고 우리 엄마는 집을 나갔지! 겨우 몸이나 팔 거면서! 그러다가 이런 생각을 했지. 내가 불행하니까 저놈이 행복한 거라구. 저놈을 불행하게 만들어야 그토록 그리워하던 행복이 날 향해 미소를 보낼 거라구. 억울

해 하지 마. 그동안 넌 충분히 행복했잖아. 설마 영원히 행복할거라 생각한 건 아니겠지?

갑자기 남편이 미친 듯이 웃는다. 의아하게 쳐다보는 친구.

친구 근육경화제의 부작용이 미치는 건가? 허긴 삶이 고통스러우면 미치지 않을 수 없지.

남편 한심하고 불쌍한 놈.

친구 뭐라구?

남편 니 몰골을 봐라… 니가 무슨 짓을 하고 있는지 봐봐… 니가 불행하게 살아왔다면… 그 이유는 니가 못나서야… 마치 십자가를 진 양 그렇게 청승떨지 마… 그래봐야 니가 할 수 있는 일이란 게… 엄마를 죽이고… 이무 죄 없는 내 아내를 죽이는 거밖에 없다… 그래. 너는 평생 그렇게 살 수밖에 없지… 어서 나도 죽여라… 허나 기억해. 그럼에도 니 삶이 달라지진 않아. 너는 영원히 불쌍한 놈이고 평생 패배자로 살아갈 거다… 너는 미치광이 살인자 그 이하도 이상도 아니다…

친구 난 살인자가 아냐.

남편 넌 니 엄마를 죽였어.

친구 난 엄마를 죽이지 않았어. 고통을 멈추게 해줬을 뿐이다.

남편 천만에! 너는 니 고통을 멈추게 했을 뿐이야! 니 엄만 간절하게 삶을 원했어. 하지만 너는 엄마의 삶을 받아

들일 수 없었지. 왜냐! 엄마의 삶이 너에게는 고통이었을 테니까! 그 불행한 삶을 너도 반복할 거 같았으니까! 니 고통을 멈추기 위해 너는 엄마를 죽인 거야!

친구 아냐! 난 엄마를 죽이지 않았어! 엄마는 그만 끝내길 원했어! 평생을 진드기처럼 따라붙던 이 불행한 삶에서 해방되길 원했어! 나는 아들로서, 그럼 엄마를 모른 척할 수 없었다! 피고름이 자신의 아랫도리를 갉아먹는 고통에서 엄마를 구해야겠다고 생각했어! 엄마는 기쁨으로 내 손길을 맞았고 세상에서 가장 행복한 얼굴로 눈을 감았다!

다시 웃어젖히는 남편.

남편 니 엄마는 정말 불행한 사람이다. 술주정뱅이 백정을 남편으로 둔 것도 불행이고 평생 미군들 정액 받이 한 후유증으로 매일매일 피고름을 흘리는 것도 불행이야. 그러나 무엇보다도 불행한 건, 너 같은 놈을 아들로 둔 걸 거다. 세상에! 아들에게 살해당한 불쌍한 어미라니!

친구는 주체할 수 없는 분노에 젖어든다. 입술이 떨리고 몸도 부들부들 한다.

친구 우리 엄마를… 함부로 말하지 마라… 너같이 세상의 단물을 빨아먹으며 안락하게 살아온 놈이 뭘 안다고 함부로 짓거리냐. 엄마는 한 많은 세상에 나와 평생을 불행하게 살았어. 그리고 그 대가는, 피고름에 녹아내리는 아랫도리였다. 그 원한을, 그 고통을, 그 절규를 니놈이 알아! 그래, 경험해보지 않으면 알 수가 없지 어디 니놈의 그 잘난 혀가 계속 조잘댈 수 있는지 시험해 보자!

가방에서 주사기를 꺼내 약을 투입하는 친구. 그러다가 갑자기 행동을 멈춘다.

친구 아니지, 아니지. 흥분하면 지는 거야. 난 아마추어가 아니니까.

들었던 주사기를 내려놓는 친구.

친구 내 목표는 분명하잖아. 아, 목표의식을 잃어버리다니. 실망이군.

자신의 뺨을 때리는 친구. 그리곤 남편을 본다.

친구 내 목표는 너를 불행하게 만드는 건데 말야.

가방을 뒤적이는 친구. 친구의 행동을 바라보는 남편. 가방에서 칼을 찾아 꺼내드는 친구.

친구 떨지 마. 이제 마지막이다.

남편 미친 새끼. 내가 떨 거 같냐? 뭐가 두려워서! 그 칼로 날 토막내게! 내가 무서워 할 거 같냐! 얼마든지 난도질 해라! 죽는 순간까지 널 비웃어 줄 테니까!

친구 경화제가 부작용이 있는 게 확실하구만. 킥킥.

남편 거듭 말하지만, 이런다고 달라지는 건 없어! 넌 살인자 고 너의 불행한 삶이 바뀌진 않는다! 내가 두려워 할 거 같냐? 천만에! 자, 어서 내 몸을 갈가리 토막 내 봐, 씨 발새꺄!

친구 꼴깝 떨고 있네. 누구 좋으라구?

남편 뭐, 뭐야…?

친구 비밀 하나 알려줄까? 너 진짜 공포가 뭔 줄 아냐?

남편 …?

친구 분노할 대상이 없는 거. 그게 제일 두렵지. 시궁창 같은 세상에 던져졌는데 원망할 대상이 없어.

남편 …

친구 슬프지. 또한 두렵고. 그게 삶이라는 거다. (남편을 본다) 모르겠지?

칼을 들고 남편에게 가는 친구.

친구 아내는 죽었다. 사인은 아미노산 과다 투입. 남편은 그 약품을 손쉽게 구할 수 있는 의사구. 손님으로 온 친구 도 죽었다. 친구의 복부에는 칼이 꽂혀 있고 (남편의 지문을 칼에 묻히며) 그 칼에는 남편의 지문이 묻혀있다…

칼에 묻은 남편의 지문이 지워지지 않게 조심스레 칼날을 잡는다.

남편　무, 무슨 짓을 하려는 거냐…?

의자에 앉는 친구.

친구　너에게 진정한 고통을 안겨주려는 거다. 내가 원망스럽지? 저 놈이 내 아낼 죽였어! 그러면서 아낼 잃은 슬픔도 견뎌낼 거고. (고갤 가로 젓는다) 안 되지. 그건 진정한 고통이 아니지.

남편　무슨 짓을 하려는 거야!

친구　나는 죽을 거다. 니 분노의 대상을 없애는 거지. 아, 내 죽음의 원인은 니 지문이 묻어있는 이 칼이야. 잘 봐.

남편이 잘 볼 수 있게 칼을 들어보인다. 그리고는 천천히 그 칼을 자신의 배에 꽂는다.

친구　(천천히 칼을 꽂으며) 뭐 그 정도까지 바라진 않지만… 사람들은 생각하겠지… 의사가 아내도 죽이고 친구도 죽였다고… 그게 아닌데…! 다 또라이 같은 친구놈이 벌인 일인데…! 킥킥킥… 인생은 재밌어… 너에게 주는 마지막 선물이다… 완전한 고통…

자신의 배에 칼을 다 꽂는 친구. 남편은 주체할 수 없는 설움
으로 발광한다.

남편   결국 그럴 거면서… 결국 죽어버릴 거면서…! 개새끼…
        왜 나한테…!
친구   말했잖아… 내가 행복해지기 위해서라구…

친구, 서서히 죽어간다. 울부짖는 남편.
이때, 신음소리를 내며 깨어나는 아내.

아내   아…
남편   자, 자기야…!
아내   아, 머리 아퍼…
남편   자기! 괜찮아!

식탁에서 가까스로 일어나 의자를 짚고 서는 아내.
칼에 찔려 죽어있는 친구를 보고는 깜짝 놀란다.

아내   아악!
남편   괜찮아! 놀라지 마!
아내   어, 어떻게 된 거야?
남편   자살했어.

아내	자살…?
남편	자기가 죽으면 내가 더 고통스러울 거라면서…
아내	(손으로 입을 가리며) 어떻게…!

친구의 시체를 피해 남편에게 오는 아내.

남편	어떻게 된 거야? 자기한테 아미노센을 투입했는데? 괜찮아?
아내	모르겠어… 나도 어떻게 된 건지… 머리가 깨질 거 같아…
남편	아미노센이 아냐, 아미노센이면 이럴 수 없어!
아내	나, 추워…
남편	뭐라구?
아내	추워… 온 몸이 으슬으슬해…
남편	춥다고…?
아내	머리도 아프고…
남편	포도당이야.
아내	?
남편	저놈이 투입한 건 포도당이었어. 아미노센이 아냐!
아내	저, 정말…?
남편	포도당이 환각제를 분해하는 과정에서 두통과 오한이 오는 거야! 자긴 죽은 게 아냐! 자기 몸에 투입한 건 포도당이라구!
아내	세, 세상에!

남편, 안도의 웃음을 짓는다. 눈물을 흘리며 남편에게 안기는
아내. 남편도 울먹인다.

남편   (아내의 등을 어루만지며) 자기가 죽은 줄 알았어… 정말
로… 자기가 죽은 줄 알았어…

아내   너무 끔찍했어… 너무 무서웠구…

남편   이제 괜찮아… 자기가 무사하니까 됐어… 다 끝났어…

아내   (포옹을 풀고 남편의 몸을 보며) 자기, 괜찮은 거야…?

남편   난 괜찮아… 약기운이 풀리면 움직일 수 있을 거야…

남편의 몸을 주무르는 아내.

아내   정말 괜찮아지는 거지…?

남편   나 좀… 일으켜 줘.

남편의 등을 짚고 애써 일으키는 아내. 인상을 쓰며 일어나려
애쓰는 남편.
가까스로 앉는데 성공한다.

남편   됐어. 이제 곧 풀릴 거야.

남편과 아내의 시선에 들어오는 친구의 시신.

아내   왜 거짓말을 한 거지? (주사자국을 어루만지며) 아미노센

을 투입했다고 했잖아.

남편　죽일 생각이 아니었나 봐. 나도, 자기도.

아내　처음부터 자살할 생각으로 우릴 찾아왔을까?

남편　모르겠어…

아내　도대체 뭐지? 우리한테 이런다고 얻는 게 뭐가 있다 구…

한동안 시체를 바라보는 남편과 아내.

남편　착한 놈이었는데… 학교 다닐 때 말야… 기억이 나…

아내　왜 이렇게 변했을까…? 엄마도 직접 죽이고… 삶이 힘 들었을까?

사이. 놀란 가슴을 진정시키며 포옹하는 두 사람.

아내　정말 끔찍했어.

남편　(아내의 눈물을 닦아주며) 고마워. 살아줘서.

아내　자기도.

남편　사랑해.

아내　사랑해.

남편　아, 이거 어쩌지? 결혼기념일을 망쳤네?

남편의 농담에 더 우는 아내.

남편	됐어. 이제 다 끝났어. 울지 마.
아내	진짜… 하필 결혼기념일에… 이게 뭐야…
남편	미안해. 정말 멋지게 보내려고 했는데.
아내	괜찮아. 정말 잊지 못할 결혼기념일이었으니까.

두 사람, 포옹한다.

끝.

한국 희곡 명작선 21

결혼기념일

초판 1쇄 인쇄일   2019년 1월 16일
초판 1쇄 발행일   2019년 1월 25일

지 은 이   이우천
만 든 이   이정옥
만 든 곳   평민사
          서울시 은평구 수색로 340 [202호]
          전화: (02) 375-8571(代)
          팩스: (02) 375-8573
          http://blog.naver.com/pyung1976
          이메일 pyung1976@naver.com
등록번호   제251-2015-000102호
 정 가   6,000원

※ 이 책은 사단법인 한국극작가협회가 한국문화예술위
  2019년 제2회 극작엑스포 지원금을 받아 출간하였습니다.